머릿속에 떠오르는 첫 기억이
무엇인가요?

엄마 손을 꼭 잡고 갔던 목욕탕, 유치원에서 집으로 뛰어가던 골목길, 친구와 나눠먹던 300원짜리 국물 떡볶이처럼 희미하게 떠오르는 내 생의 첫 순간. 저는 밥을 먹는 네 가족의 모습을 그려 유치원 선생님과 엄마의 칭찬을 받았던 날이 가장 강렬한 처음입니다. 종이만 있으면 무엇이고 그려내던 그때부터였을까, 학창시절 내내 만화가를 꿈꾸었던 제게 지금 그 꿈같은 일이 벌어지고 말았네요.

프리랜서의 고단한 삶을 위로하고자 핸드메이드 작업이 내게 왜 소중한지에 대한 만화를 그려 올리게 된 것이 『오늘도 핸드메이드!』의 시작이었습니다. 한 분, 한 분 이런 소소한 이야기에 관심을 가져주셨고, 도전만화 포털 중에는 댓글에 답글을 달 수 있는 곳도 있어서 감사한 마음을 열심히 남기곤 했습니다. 그러던 중 믿기지 않게도 네이버에서 연락이 왔지요.

만화 속 '소영'의 입을 빌려 하고 싶은 이야기와 그리고 싶은 것들을 그렸던 지난 1년 남짓. 체력적으로는 가끔 힘들기도 했지만 압도적으로 행복했던 시간이었습니다. 아마도 이런 기회는 생에 다시 오지 못할 것이라고 생각합니다. 더불어 감사한 제안 덕분에 화면을 넘어 책으로도 만져 볼 수 있게 되었네요. 고마운 분들이 너무 많아서 헤아릴 수 없는 지경입니다.

엄마의 칭찬이 좋아서 연필을 쥐고 놓지 않았던 어린이는 지금 매일매일 과분한 칭찬을 받으며 만화를 그립니다. 뭐든 끝이 있다는 것을 알기에 곧 『오늘도 핸드메이드!』 작가로서의 행복한 일상도 마침표를 찍게 되겠지요. 여러분의 소중한 책장 한편을 이 책에 내어주셔서 진심으로 감사드립니다.

저의 한 문단을 함께 읽어준 모두, 좋은 하루 보내세요!

㉑ 진짜진짜 좋아해! 코 담요

우리 가족은 엄마, 아빠, 오빠와 나,
그리고 동이와 쪼코까지 여섯입니다.

5학년 겨울,
눈 오는 날에 만난 작은 시츄는

그렇게 '겨울 동'을 떠올리는 '동이'라는
이름으로 내 동생이 되었습니다.

여러 해를
함께 자라는 동안

동이가 옆에 있는 것은
너무나 당연한 생활이 됐는데

개와 사람의 시간이 다름을
요즘 참 자주 느끼고 있습니다.

7

내 눈엔 어릴 때 보던
동이랑 똑같은데,

주변에선 사진만 보고도
나이가 많은 걸 알 정도라니.

우와
할아버지네~

이제는 산책도 자제하고,
따뜻한 물에 불린 사료를 먹으며

느린 걸음이지만
나보다 서둘러 하루를 가는 동이.

식으면
먹자~

가끔씩 안긴 채,
콧바람을 쐬는 것이 전부인

내 동생의 노년이 조금 더
다채롭길 바라는 마음으로

오늘은 강아지가 좋아하는
코 담요를 만들 겁니다!

간식!

노즈 워크라고
하는구나.

강아지는 후각으로 찾는 놀이를 하면
스트레스가 줄고
자존감도 높아진다고 해요.

평소 좋아하는 방석 위에

올 풀림이 없는 소재로
여러 가지 패치를 붙여줄 거예요.

네오프렌

길쭉하게 자르고
반을 접어

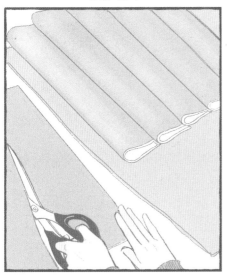

일렬로 박은 후,
가윗밥을 내줍니다.

서걱

서걱

삼각형이나 사각형으로 잘라
모서리를 고정한 뒤,

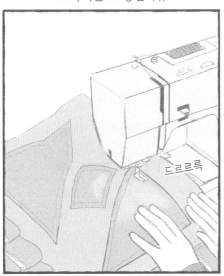

드르르륵

가운데를 'X' 자로 갈라
미니 주머니도 만듭니다.

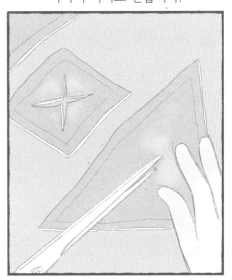

길쭉한 패치 중간중간 가윗밥을 내서
쏙쏙 안으로 넣어 감은 매듭 모양도 하나.

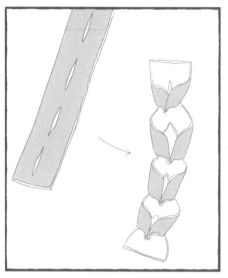

동이와 쪼코를 떠올리며 구석구석
꾸미다 보니 금세 완성됐네요.

방석은 한 번 세탁 후에 사용합니다.
쪼코는 벌써부터 신난 상태!

간식을 쏙쏙 숨겨주니

저돌적으로 달려드는 쪼코와
발과 코를 함께 써가며 잘 찾아 먹는 동이.

너의 시간을 멈출 순 없겠지만
햇볕에 빛나는 물처럼 따듯이,

출렁이는 물결 없이 잔잔히
흘러가기를 소망해.

진짜진짜 좋아해.
동이야!

─── Tip! ───

'노즈 워크'라는 말은 강형욱 훈련사님 방송을 보면서 알게 되었습니다. 산책을 자주 못하는 노견일수록, 스트레스가 많은 상태일수록 다양한 냄새를 맡을 수 있도록 놀아주면 강아지의 기분전환에 도움이 된다고 합니다. 코 담요가 어렵다면 종이컵이나 이면지에 간식을 넣고 구겨 만든 일회용 장난감도 좋아요. 그래도 최선은 자주 하는 산책!

㉒ 2월은 골무 모자

1년 중 가장 어수선하고
정신없이 지나가는 달.

나도 모르게 하루하루가
사라지는 듯한 2월!

해야 할 양은 그대로인데
시간이 짧으니

득인 것 같기도,
실인 것 같기도 합니다.

어쩌면 지금은 내 삶 중의
2월이 아닐까요?

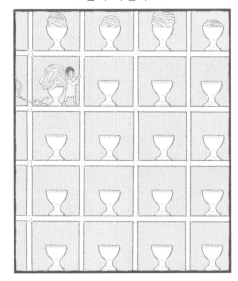

추위가 한창이지만
곧 봄이 올 것이라는 기대감.

지나간 것을 잊지 못한 채
새것과는 아직 낯을 가리는 중.

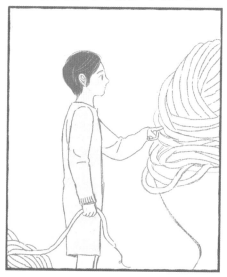

빈 것도, 찬 것도 아닌
반투명한 달.

이런저런 생각이 올라올 때면
짧은 산책이 도움이 되지요.

15분쯤 걸으면 나오는
우체국을 지나

바로 옆, 도서관에서
괜찮은 책을 몇 권 고르고

5분 거리의 카페에
도착해 걸음을 마칩니다.

창문 밖 나무와 나의 옷가지만 바뀌는
늘 같은 산책길에

자주 함께하는
이 모자!

뜨개질이 손에 익을락 말락 할 즈음에
뜨기 적당한 난이도의 레시피지요.

준비물은 줄바늘과 털실!
코를 짝수로 머리둘레에 맞춰 잡습니다.

바늘은
6~7mm가
적당

고무뜨기는 시작과 끝이
자연스럽게 만나야 되니

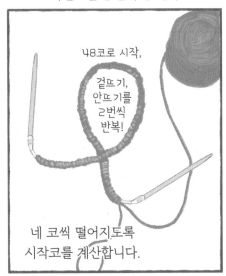

48코로 시작,

겉뜨기,
안뜨기를
2번씩
반복!

네 코씩 떨어지도록
시작코를 계산합니다.

동그랗게 뜨려면 반을 나눠

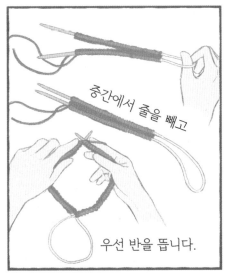

중간에서 줄을 빼고

우선 반을 뜹니다.

반을 다 뜨고,
시작점에서 줄을 다시 빼내

마저 떠주면

원형으로
한 줄이 완성!

한번 배우면 따로 옆선을 잇지 않아도
모자가 되는 편한 방법입니다.

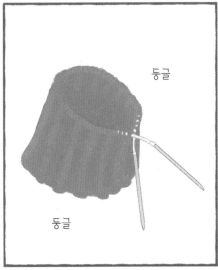

둥글

둥글

중간쯤엔 써보면서
길이도 가늠해보고

적당할 때, 안뜨기부터 코를 줄여가며
오므라지는 모양을 만들어줍니다.

웃기지만...

2코를 한 번에 뜨면
줄여져요.

그러다 겉뜨기에만 코를 줄이면
마지막엔
반으로 줄어든 코만 남습니다.

돗바늘에 실을 걸어
코 사이로 통과시키고

뒤집어서 실을 잘 감추면
완성입니다.

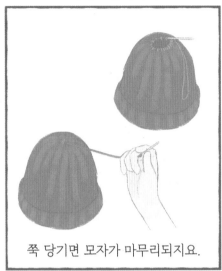

쭉 당기면 모자가 마무리되지요.

시작이라는 단어에
먼지가 쌓일 즈음

툭툭 털어내고,
발돋움을 해야 할 서툰 시기지만

없다면 또 유독 서운할
2월이 끝나갑니다.

―――――――――――――Tip!―――――――――――――

모자를 뜰 땐, 접히는 부분을 생각해서 길이를 충분히 내줘야 나중에 안정적으로 머리에 씌워집니다. 안뜨기, 겉뜨기를 반복하는 고무뜨기는 완성하면 주름이 져서 작아 보이지만 잘 늘어나는 조직이니 되도록 머리 사이즈와 비슷하게 콧수를 잡는 게 좋아요. 원형뜨기는 처음에 사이즈를 잘못 재면 풀어서 다시 해야 하니 신중하게 시작합니다.

23 복잡할 땐, 뺄셈 스킨

다가가지
못하는 사이에

듣게 되는 이런저런
이야기들이

한두 방울씩 모여 머릿속을
뿌옇게 만들어버립니다.

이럴 때면 잡다한 것은
전부 덜어내고

꼭 필요한 것만 남긴
맑은 스킨을 만들고 싶습니다.

먼저 공병을 소독합니다.

유리병에
뽀얗게 김이 서리면

보글
보글

마음속 걱정이 빠져나갈
숨구멍도 열리는 것만 같아요.

보글
보글

5분에서 10분 정도 끓인 후에
조심히 꺼내 잘 말려줍니다.

마른 다음, 알콜 스프레이를 뿌려주면
스킨을 담을 병이 준비되지요.

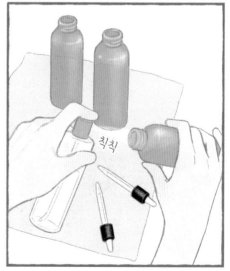

칙칙

직접 만들어 쓰는 천연화장품 이야기를
듣고부터 더해진 취미생활.

그중에서도 스킨은 가열 없이
비율에 맞춰 섞으면 되는 쉬운 친구입니다.

최소한의
재료만 쓰려고 해요.

어디 보자—

노화와 튼살에 좋은 네롤리워터,
소독과 진정 효과가 있는 티트리오일.

보습을 위한 히알루론산과 천연방부제,
딱 네 가지만 더할 거예요.

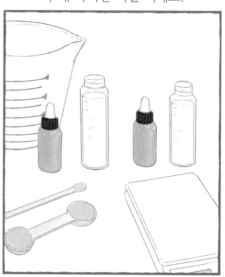

자연이 내어준
고마운 재료들입니다.

우리도?

100밀리리터의 용기에 맞춰
재료를 계량합니다.

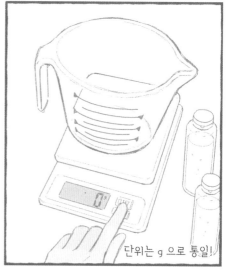

단위는 g 으로 통일!

소독한 비커에 네롤리워터 90그램과
히알루론산 4그램을 더합니다.

천연방부제 1그램과
티트리오일 두 방울.

에센셜오일은 농축된 원액이라
사용량에 주의해요!

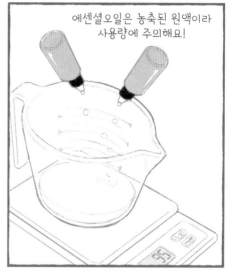

이제 시약스푼으로
잘 섞어주면

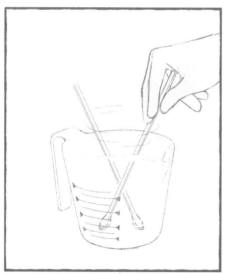

덜함도 더함도 없는
95그램의 스킨이 완성됩니다.

쪼르륵

종이 태그에 만든 날짜와
이름을 적어 겁니다.

하루 정도 숙성시킨 후, 냉장 보관하며
두세 달 안에 사용합니다.

내 피부에 맞춘 과함 없는 스킨은
얼마든지 만들 수 있지만

그 사람과의 우연이나 텔레파시를
담을 수 있는 병은 없겠죠?

복잡한 것들을 모두 빼면
지금 내가 할 수 있는 것은

먼저
연락하기.

뚜르르르-

뚜르르르-

뚜르르르-

아무리 뺄셈을 해도
덜어지지 않는 마음이 있으니

여보세요?

지금이야말로
기초에 충실할 때겠지요.

———————————Tip!———————————

「지대넓얕」이라는 팟캐스트 방송에서 듣고 천연화장품에 관심을 갖게 되었습니다. 핫플레이트와 비커, 온도계, 전동 거품기 정도만 준비하고 관련 서적들을 공부하며 시작했지요. 판매를 하거나, 주변 사람들에게 주는 것이 아니라서 적은 방부제와 천연재료를 넣어 쓰는 기초화장품에 아주 만족하고 있습니다. 다만 만드는 시기를 자주 까먹는 것이 단점입니다.

24 주방의 기념품이 된 수저꽂이

인터넷 서칭 중에 참 신기한 물건을
알게 되었습니다.

도자기에 그림을 그려 구우면
무늬가 되는 '포슬린 마커'.

우와

못 쓰게 된 접시를 재활용하거나

드로잉을 해서 선물하는 용도로
간편하게 쓰이고 있었습니다.

물감도 있구나−

우리 집에도
그런 그릇들은 있지요.

이를테면 수저통으로 사용하는
오빠의 졸업 기념품 같은!

○○고등학교
2006年 卒業
祝賀

엄마께선 우리들의
그 시절을 잘 버리지 못하시는데

그중 하나인 이 그릇은 튼튼하지만
기념품스러운 디자인이 늘 아쉬웠습니다.

우선 화방에서
흰색 그릇에 잘 어울리는
파란색과 검은색을 구입했습니다.

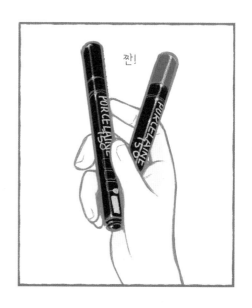

짠!

나는 포슬린 마커 초보자이니

간단한 꽃무늬로만
글씨를 덮어줄 거예요.

먼저 알코올 솜으로 그릇의
기름기와 이물질을 닦아내고

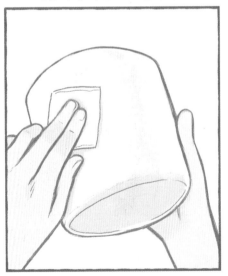

첫 점을 찍습니다.

새로운 재료는 가슴을
늘 두근거리게 합니다.

글씨를 잘 가리면서
전체적으로 패턴이 들어가도록

균형 있게 꽃을 채워갑니다.

한 번 칠하면 약간 겉도는 감이 있으니
충분히 말려가면서

여러 번 덧발라
농도를 높여줍니다.

다 그렸으면
하루 동안 더 말려주고,

150도로 오븐에서
30분 정도 굽습니다.

굽는 시간과 온도는
마커의 제조사마다 약간씩 달라요.

이제 예쁘게
나오길 기다립니다.

장갑을 끼고
조심히 꺼내면 완성!

띵!

새로운 재료의 첫 작업이지만
제법 귀엽고 깔끔하게 마무리됐습니다.

학창 시절의 오빠 덕분에 마음에 드는
주방의 기념품이 생겼습니다.

다시 한 번,
졸업을 축하해요.

———————————Tip!———————————

이후에 몇 번 더 사용해보니, 설거지를 자주 하는 식기는 그림이 벗겨지는 경우도 있어서 머그잔이나 인테리어용으로 사
용하는 편이 좋을 것 같습니다. 식기로 사용하려면 유약 처리 하기 전의 그릇에 포슬린 마커나 물감으로 페인팅을 하고,
마지막 코팅 뒤에 굽는 과정을 거칩니다. 언젠가 마음먹고 꼭 한번 세트로 장만해보고 싶습니다.

㉕ 나의 작은 입체 자수 화원

봐도 봐도 질리지 않고
좋은 것들이 있습니다.

잘 정리해놓은 계획표,

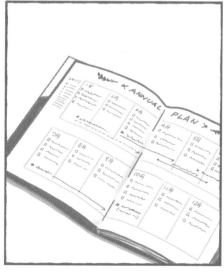

해지기 직전, 몇 분 동안의
분홍빛 하늘과

소중한 사람과
나눈 문장들.

그리고 모든 꽃!

언제부터인지 거리에
피는 꽃이며

카페 곳곳에 놓인 꽃들,

꽃을 응용한 작업에도
시선을 빼앗기고 맙니다.

곱다—

그런 나를 위해
계절 없이 활짝 핀
작은 꽃밭을 키워보려고요.

준비물은 원형 수틀과 꽃을 닮은 실들.
차분한 색의 패브릭!

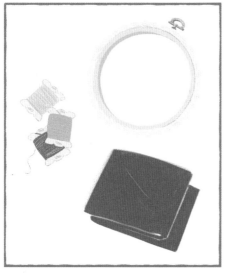

보다 사실적인 표현이 가능한
입체 자수를 놓으려고 합니다.

입체 자수는 울이나, 자수 실을
여러 겹 겹친 굵은 실에

코바늘 기법을
적용하거나,

핀과 와이어를 사용하여 평면을 벗어난
효과를 내는 자수입니다.

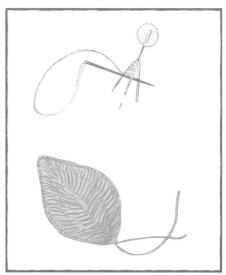

꽃밭의 가운데 단지 앞에서 봤던
수국을 피우고

수국 옆쪽엔 글라디올러스 두 송이.

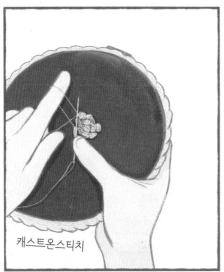

캐스트온스티치

위쪽엔 꽃술이 예쁜
매화꽃을 놓습니다.

몽글몽글 목화꽃 다발도 만들고

피스틸스티치

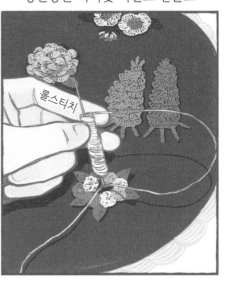

롤스티치

**오늘도
핸드메이드!**

구석에 못생긴
딸기 두 알도 심어줍니다.

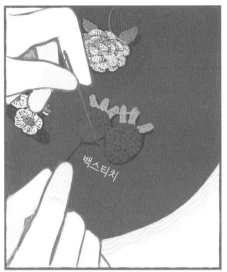

작은 화원이 심심하지 않도록
군데군데 귀여운 꽃들을 피웠습니다.

완성된 화원은 방으로
가는 길에 걸어주었어요.

화장실 갈 때 힐끔

물 마시며 또 힐끔

괜히 보고 싶어
자꾸만 찾게 되는

나의 작은 꽃밭.

꽃은 조금 귀찮겠지만,

누군가에게 그런 존재가 되는 것은
어떤 기분일지

예쁘다—

소영아!

언젠가의 나는 그렇게 될 수 있을지

앗, 오빠!

일찍 나왔네.

궁금해지는 봄입니다.

만약 모든 에피소드 중에 독자분들에게 꼭 한 가지만 추천해야 한다면 저는 입체 자수를 고를 것 같습니다. 이렇게 설명하기는 좀 그렇지만 노력의 가성비가 매우 좋은 작업입니다. 두꺼운 실일수록 입체감이 살아나고 시간은 덜 걸리는데, 완성하고 나면 그 뿌듯함과 예쁨이 굉장합니다. 천 가방이나 옷 한구석에 포인트로 놓기에 참 좋은 자수랍니다.

"나의 작은 입체 자수 화원"

새로 만나는 아름다움

　나름의 다양한 핸드메이드 이야기가 나왔지만 개인적으로 꼭 추천하고 싶은 것을 꼽자면 바로 이것, '입체 자수'입니다. 입체 자수는 평면 자수에 코바늘뜨기나, 매듭짓기를 응용한 자수법 입니다. 평면 자수보다 쉽고, 빠르고, 재미있게 다가갈 수 있는 수공예랍니다. 처음 서점에서 입체 자수에 관한 사진을 봤을 때 너무 예뻐서 감탄을 연신 내뱉었던 기억이 있습니다. 세상에 존재하는 내가 모르는 아름다움과 마주하는 순간은 참 기쁩니다. 저는 이런 것을 보면 살아가는 맛이 느껴집니다. 맨 처음 아빠가 입에 넣어준 초콜릿처럼, 학교 앞 분식집에서 먹었던 떡볶이처럼 세상에 없던 행복을 만난 기분이 들지요. 과거란 옛날이고, 지남이고, 재미없고, 새로울 것이 없다고 생각했던 철없는 시절도 있었지만 지금은 알지 못했던 이전의 지혜를 찾아 헤매고 기록합니다. 자수의 역사는 고대 이집트 시대부터 시작됐대요. 비즈 자수라고 하던데, 이집트의 뜨거운 태양 빛을 받아 반짝이는 비즈 자수가 얹힌 옷은 얼마나 아름다울지 가만히 상상해봅니다. 과연 언젠가는 세상의 모든 수공예법을 경험해볼 수 있을까요?

26 일상 속 쉼표, 헤데보 매트

정신없이 지내다 보면 문득

온통 무언가로 가득 채우기 바쁜
일상임을 알게 됩니다.

이번 달 주말엔
쉰 적이 없네…

음식도 욕심을 부리면
체하기 마련이고,

툭툭

운동도 하루이틀은 쉬어야
몸이 준비를 할 수 있지요.

흐음.

작업을 할 땐,
어디를 비우고 어디를 채울지
고민합니다.

그렇게 완성된 것은
각자의 여유를 갖고 있지만

평면 위가 아닌 내 삶에 필요한 비움은
매번 놓쳐버리고 맙니다.

지금이 아니면 어때.
나중에 몰아서 쉬면 되지.
조금만 더 하면 끝나는데.

이렇게 야금야금 갉아먹은
그날의 쉼표는

다시는
고칠 수 없는 문장으로 남습니다.

뭐라고 쓴거지…

나중에 들춰보고 싶어도
무슨 이야기인지 알아볼 수 없는.

그렇게 지나온 나의 하루들을
바꿔봐야겠죠.

툭
툭

보드랍지만 까슬하기도 한
리넨을 잘라

서걱

서걱

원하는 만큼 홈질로
비울 공간을 표시하고

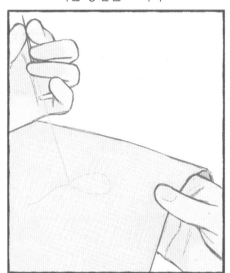

가윗밥을 준 뒤,
구멍을 내줍니다.

올이 풀리지 않도록
잘 꿰매 다듬고

버튼홀스티치

공간에 실을 엮어
무늬를 내면

눈에 보이는 예쁜 여유.

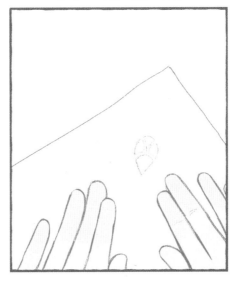

이곳저곳 꼭 필요한 만큼만
여유를 내줍니다.

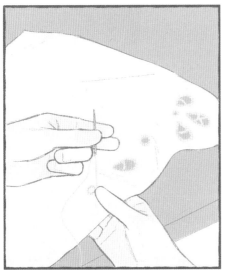

'헤데보'라고 불리는 이 자수법은
덴마크어로 '들판'이라는 뜻입니다.

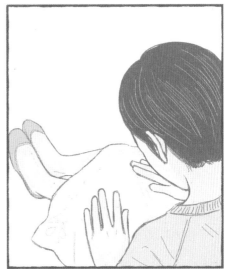

농부들이 들판에서 자수를 놓아 이런 이름이 붙었다죠.
그들에게도 아마 이런 시간이 필요했을 겁니다.

매일매일 조금씩 수를 놓다 보면

채움 속 비움이 조화로운
헤데보 테이블 매트가 완성됩니다.

온종일
숨가쁘게 보낸 날,

식탁 위에
헤데보 매트를 깔고

따뜻한 수프를 만듭니다.

지금 이 맛으로 기억될

오늘의 쉼표.

────────────Tip!────────────

'헤데보' 자수에서 가장 많이 쓰는 스티치, 어쩌면 전부라고 할 수 있는 것은 '버튼홀 스티치'입니다. 바늘을 반쯤 넣은 상태에서 실을 바늘에 한 번 감아 빼면 되는 간단한 방법으로, 실제 단춧구멍을 마무리하는 바느질입니다. 이 방법만 기억하면 원하는 모양으로 원단에 쏙쏙 구멍을 낼 수 있습니다.

🅱️27 나만을 위한 레이스 헤어밴드

왜 그런 거 있잖아요.

휘적

휘적

나한테 정말
안 어울릴 것 같은데도

잘 하고 다니지 않을 걸
뻔히 알면서도

그냥 막 해보고 싶은 거.

예를 들면
어두운 립스틱, 작은 타투같이

도전해보고 싶지만 시선이 신경 쓰이는
그런 것들.

그중 하나는
곱디고운 레이스입니다.

소품으로 만들어
집 안에 두는 정도를 넘어

누나
잠깐
다녀올게~

작고 고운 곡선들이 모여서
내뿜는 특유의 분위기를

몸에 걸치려면
나에겐 큰 용기가 필요합니다.

여성스럽다거나
촌스럽다거나

레이스 하면 떠오르는
여러 가지 굴레.

누가 정해놓은 것도 아닌데

왜 이런 걸 자연스럽게 떠올리고
또 그것을 신경쓰는지

**오늘도
핸드메이드!**

참 못났다는
생각을 합니다.

이렇게 눈치만
보다가는

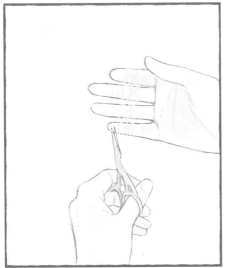

어쩌면 나중엔 원하는 것을 말해볼
엄두도 못 낼지 모릅니다.

좋으면
그냥 하면 되지.

그러게.
그냥 좋으면 하면 되는데…

네. 이번엔 해봐야겠어요!

아자!

정교한 무늬에 반해
조금씩 따라 짜둔 연하늘색 레이스.

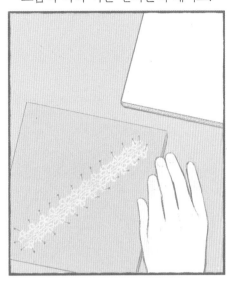

쓰임 없이 가지고만 있던 것을 꺼내고

늘어난 고무줄을 잘라서
금속 부분과 끈을 펜치로 분리해줍니다.

레이스와 비슷한 색의 천으로
리본을 만들어 이음새로 끼운 뒤

잘라놓은 끈과 함께 묶어
금속 패치로 다시 고정해줍니다.

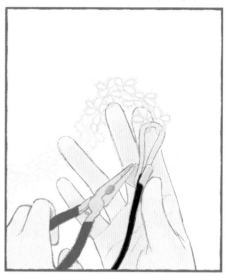

머리둘레에 맞춰 나머지 한쪽도
연결해주면

레이스 헤어밴드가
만들어집니다.

오롯이 나만을 위한 순간은
더없이 좋군요!

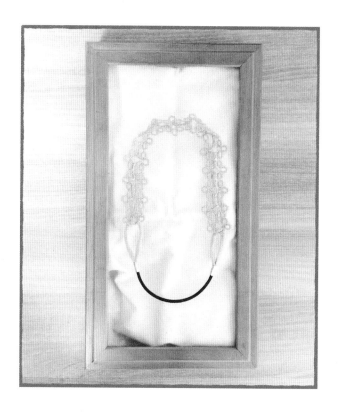

——————————Tip!——————————

태팅 레이스의 기원은 명확하게 밝혀지진 않았으나 고대 이집트의 상형문자에서도 발견된다고 합니다. 태팅 레이스를
짜다 보면 지금은 기계가 대신하는 것들을 이전에는 전부 손으로 했다는 것이 자각되지요. 재봉틀도, 직조도, 요즘 기계
로 나오는 모든 물건들이 예전에는 전부 손에서 태어났다니! 비슷한 레이스 뜨기로 '보빈 레이스'도 있습니다.

28 버금가는 종이 바구니

소소한 즐거움 중 하나는
누군가의 생활을 구경하는 것입니다.

영화 속에선 90년대의 주방을,
잡지 한쪽에선 바다 건너의 소파를,

**오늘도
핸드메이드!**

페이지 속에선 동경하던 작가의 방을
구경할 수 있지요.

내 손으로 모든 것을 채울
공간이 생긴다면!

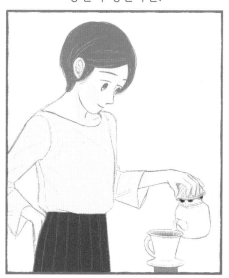

생각만으로 기분 좋은
의욕이 잔뜩 샘솟습니다.

마음에 딱 맞는
물건을 만나면

언젠가 내 공간에 함께할
친구를 찾은 느낌.

그렇지만 머릿속으로 그리던 물건을
구할 수 없는 경우가 더 많아요.

예를 들면
여러 책에서 봤던

격자무늬의
나무 바구니.

찾아보니 해외에서 구입할 수 있지만
원하는 사이즈는 없었습니다.

차선으로 재료도
찾아봤지만

자작나무 껍질은 어디서
살 수 있는 걸까요?

이가 없으면 잇몸으로!
라는 속담이 있죠.

아껴둔 파스텔톤의 두꺼운 색지와
자, 칼, 커팅 매트를 준비합니다.

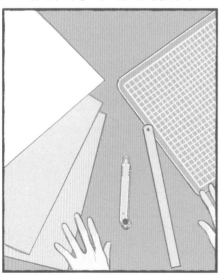

엮어줄 종이는 짝수로 준비해요.
가로, 세로 8개씩 잘라 반을 접습니다.

총 16개!

바구니의 바닥이 될 부분을
먼저 격자로 끼웁니다.

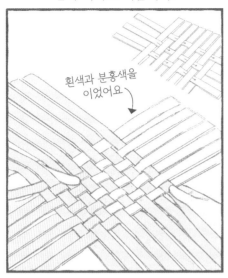

흰색과 분홍색을
이었어요

틈이 벌어지지 않도록
클립이나 집게로 고정한 뒤

대각선으로 돌리고
모서리마다 접어 자국을 냅니다.

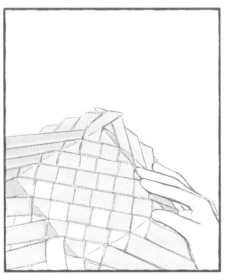

이제 모서리마다 사선으로 늘어진
종이들을 또 엮어줍니다.

한쪽을 끝내면 클립으로 고정하고
다른 쪽으로 넘어가요.

네 모퉁이를 끝까지 엮으면
느슨한 곳을 확인하며 꽉꽉 당깁니다.

이제 마무리만
하면 됩니다.

종이 끝을 접어서 칸 사이로 숨기고
나머지도 접어 넣으면

요렇게 깔끔해지죠.

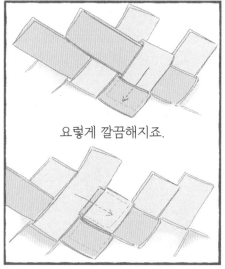

한 칸, 한 칸씩 마무리해주면

귀여운 종이 바구니가
만들어졌어요.

오, 단단하네!

운 좋게 나무껍질을 구하게 된다면
그때도 예쁜 바구니를
짤 수 있을 거예요.

원하는 곳으로 가는 길이
꼭 한 가지만은 아닌 것 같죠?

───────────────Tip!───────────────

이 에피소드를 보고 몇 분은 자작나무껍질을 살 수 있는 해외 사이트를 찾아 블로그와 쪽지로 알려주셨어요. 아직까지 구입을 하진 못했지만, 감사해서라도 꼭 제대로 만들어볼 겁니다. 그렇지만 바구니를 짜는 방법은 두꺼운 종이나 플라스틱 밴드로도 얼마든지 응용이 가능하고 색 조합에 따라 개성이 살아 있는 바구니를 만들 수 있답니다.

**오늘도
핸드메이드!**

"버금가는 종이 바구니"
쉽게 만나는 핸드메이드

전공으로 패션디자인을 배웠기 때문에 바느질이나, 원단을 다루는 일은 크게 어렵거나 무섭지 않은 편입니다. 난이도가 있더라도 천천히 만들어가면 되니까요. 만화를 연재하면서 가장 큰 변화는 늘 해보고 싶지만 도전하기 무서웠던, 또는 크게 일을 벌여야만 가능했던 것들에 한 걸음씩 다가간 점입니다. 나무도 깎아보고, 직조에 도전해보고, 치즈와 버터도 직접 만들어 먹게 되었습니다. 실제로 처음이 어렵지 그 이후로는 일상 속의 한 장면으로 스며들었습니다. 버금가는 종이 바구니는 사실 원래의 목표처럼은 만들지 못한 작업이지요. 정확하게는 핀란드 가정집에 있을 법한 나무 바구니를 만들고 싶었으니까요. 해외 사이트도 뒤적여보고, 국내의 목재 커뮤니티도 들어가 봤지만 나무껍질만을 따로 구하기는 쉽지 않았는데 덕분에 쓰지 않고 고이 모셔둔 좋아하는 색의 종이로 만든 튼튼한 종이 바구니를 얻었습니다. 그리고 생각보다 독자분들이 '종이'란 재료를 반겨주셔서 더 고마웠던 에피소드였습니다. 어떤 분야를 새로 시작한다는 것에 대한 두려움을 저도 잘 알고 있습니다. 가끔씩 쉽게 할 수 있는 것을 알려달라는 댓글을 보며 늘 고민하지만 해드리고 싶은 말은 딱 하나, 막상 해보면 그렇게 어렵지 않다는 것! 어쩌면 핸드메이드란 현실에서 가장 쉽게 내가 만든 결과물을 바로 볼 수 있는 몇 가지 중 하나라는 것을 꼭 말하고 싶습니다.

29 나만 닮은 실내화 패턴

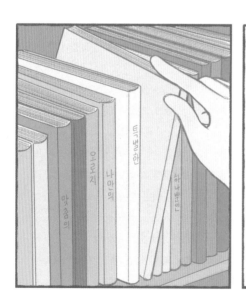

오로지
나만의
특별한
하나뿐인
맞춤의

마음이 끌리는
표현들입니다.

그러다 보니
사는 것, 보는 것, 듣는 것도

비주류의 것들만 선호하는
나를 종종 깨닫죠.

흐음.

오늘 만드는
이것도 마찬가지.

우리 집에서 자주 사는
살림살이 중 하나인 실내화예요.

엄마께서 거의 매일 세탁하시니
두세 달을 못 가고 늘 너덜너덜!

이번엔 사지 않고
딱 맞는 실내화를 만들어보려고요.

어설프더라도
내 발 맞춤 패턴을 그릴 거예요.

**오늘도
핸드메이드!**

먼저 종이에 발을 대고
형태에 따라 그려줍니다.

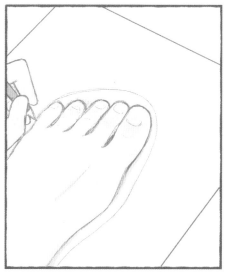

중심선을 긋고 테두리를 정리해요.

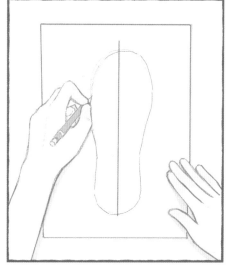

동그란 앞코, 넓은 발볼, 좁은 발꿈치를
떠올리며 형태를 정성껏 다듬습니다.

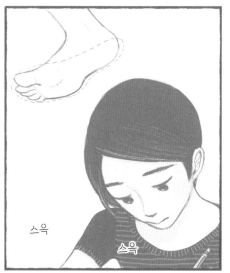

스윽

스윽

패턴을 자른 후, 너치 가위로
군데군데 표시를 해줍니다.

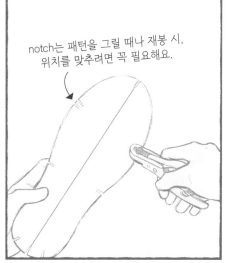

notch는 패턴을 그릴 때나 재봉 시,
위치를 맞추려면 꼭 필요해요.

발등 부분은
바닥 패턴을 대고 반쪽을 그리고

발등이 들어갈 공간만큼 사이를 띄운 뒤,
반을 마저 대고 그립니다.

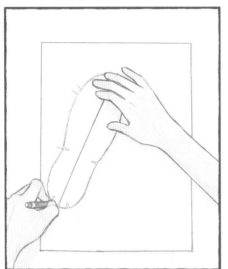

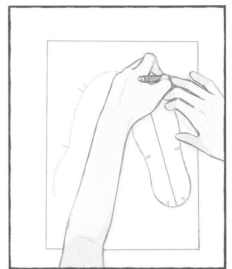

깊은 곡선으로
발등 안쪽의 형태를 그리고

바닥처럼
너치를 표시하고 잘라줍니다.

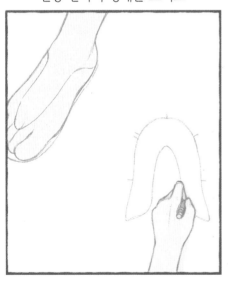

**오늘도
핸드메이드!**

살짝 대어보니 나름대로 잘 맞게
나만의 패턴이 나온 것 같습니다.

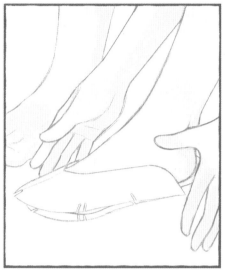

그런데 첫번째로 만들어본 실내화는
생각보다 큽니다.

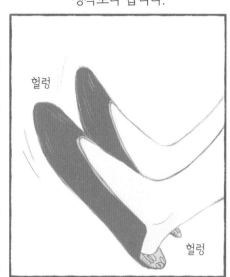

헐렁

헐렁

발등을 조금 더 깊고, 동그란
곡선으로 바꾸고

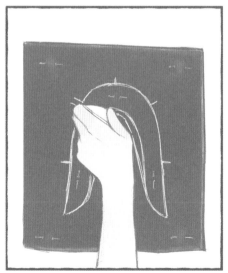

발바닥도 먼저보다
살짝 작게 재단했습니다.

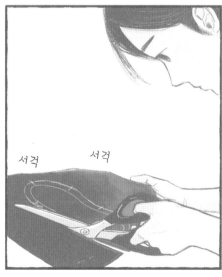

서걱

서걱

편안하게 신을 수 있도록
뒷부분에 밴드를 넣고

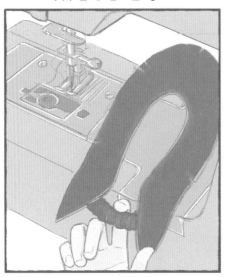

앞코는 홈질로
볼륨을 충분히 잡아준 뒤

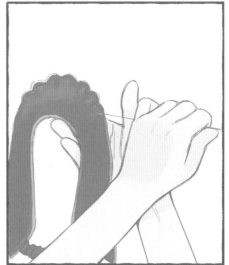

차분히 공그르기로
마무리를 해줍니다.

아직은 많이 투박해도
잘 맞는 실내화가 완성되었습니다.

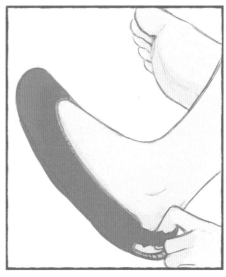

**오늘도
핸드메이드!**

나만의 패턴으로 점점 더
나와 닮은 신발을 만들 수 있겠지요.

어쩌면
스스로가 점으로도 느껴지는 종종.

수많음 속에서
나로 살아가기 위한

오로지 나만의 특별한 하나뿐인 맞춤!

————————Tip!————————

다들 실내화에 주목하셨지만, 이 편의 주인공은 발에 맞게 만든 '패턴'입니다. 신발도 그렇지만 옷 역시도 몸에 맞는 원형 패턴을 만들어두면 언제라도 원하는 것들을 만들어낼 수 있지요. 요즘엔 패턴을 공부할 수 있는 저서들도 많이 출판이 되었습니다. 평면이 입체가 되는 신기한 과정을 몇 번 거치다 보면 패턴을 뜨는 재미에 푹 빠지게 될지도 모릅니다.

30 인상적인 북커버

인상.

톡톡톡

사람을 쉽게 테두리 안에
가두게 되는 말이죠.

언젠가 드라마에서 들은
인상적인 표현이 있습니다.

표지로 책을 판단하지 마라!

머리로는 잘 알아도
실천하지 못하는 것 중 하나이지요.

첫 느낌으로 판단하지 말고
더 지켜보자고 매번 되뇝니다.

하지만 나도 누군가에게 비춰질
겉표지가 늘 신경쓰여요.

관심사가 고스란히
드러나는 것 중 하나는 책.

그래서 북커버는
내게 꼭 필요한 소품입니다.

나뭇잎 자수를 놓았던 리넨을
넉넉한 사이즈로 준비합니다.

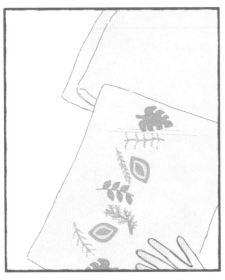

책에 맞춰
재단을 합니다.

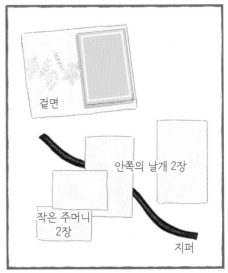

겉면

안쪽의 날개 2장

작은 주머니
2장

지퍼

그냥 박아도 괜찮지만 지퍼를 달아
파우치처럼 만들 거예요.

천천히 핀으로 짚어가며
지퍼를 디근자로 달아줍니다.

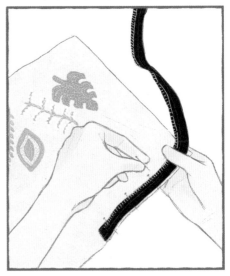

지퍼의 위치를 잡고
밑면부터 시작해서

원단의 모서리에
가윗밥을 주며 옆면을,

마지막으로 윗면을 박아줘요.

반대쪽도 같은 위치에 달아주고
지퍼가 잘 닫히는지 확인합니다.

지익—

한쪽 날개에 주머니 두 개를
먼저 고정하고

드르르륵

양쪽 날개를
지퍼 안쪽으로 달아줍니다.

빨간 선처럼!

93

시접을 정리하면
북커버가 마무리됩니다.

어디서든 편하게.

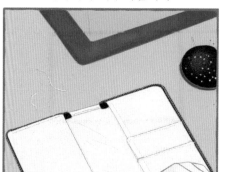

**오늘도
핸드메이드!**

나를 닮았다는 북커버.

당신에게

나는 어떤 인상으로 남았을까요?

————————————Tip!————————————

여기서 '디글' 모양으로 지퍼를 박는 것이 어렵다는 댓글이 많았습니다. 디글자가 어렵다면 위아래는 민짜로 박은 후 옆
선에만 직선으로 지퍼를 달아도 괜찮습니다. 지퍼가 아니라면 똑딱이 단추나, 아니면 지퍼 없이 주머니 형식으로 커버만
만들 수도 있고요. 정해진 방법은 없습니다. 각자 만들기 편한 방식으로 접근하면 됩니다.

③ 계절을 보관하는 방법

창문 밖,
목련들이 땅에 내려앉는 것을 보니

아무래도 이 계절이
끝나가는 모양입니다.

오래 기다렸기 때문인지
가는 봄이 더욱 아쉽습니다.

조금만 더 봄을 붙잡아보려고요.

준비물은 말린 꽃과 어울리는 밝은 실.

오늘의 작업 메이트는
나무 베틀이에요.

위빙을 본격적으로 해보려고
제법 큰 사이즈의 베틀을 마련했습니다.

준비가 된 베틀 위에

실을 교차시키면서 움직여 위빙을
원활히 돕는 친구, '잉아'

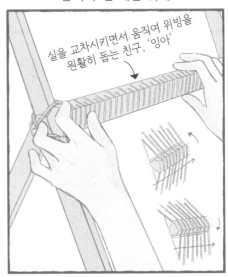

세로 실을 한 칸씩 옆으로 이동하며
위아래로 걸어줘요.

처음엔 종이를 끼워
적당히 공간을 준 다음

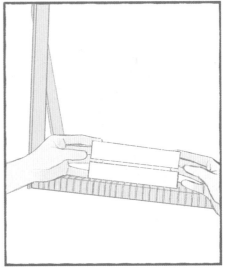

가로 실을 적당히
감아주고 시작합니다.

한 번 가고

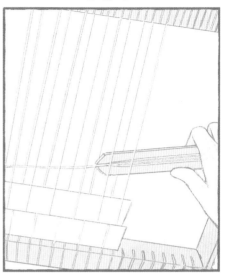

빗질로 가지런히.

탁탁

실을 교차하고

다시 반대로 와서 빗질을 하고
실을 움직입니다.

탁탁

이럴 때면 왠지 현실을 벗어난 기분.

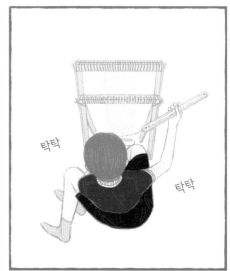

탁탁

탁탁

적당한 만큼 짜이면
가지를 한 줄 끼우고 다시 반복.

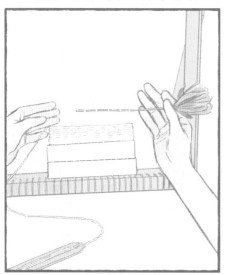

큰 베틀을 만질 때면 엄마는
어린 시절 이야기를 해주시죠.

엄마 어릴 땐,
집에 엄청 큰 게 있어서

할아버지랑 이모랑 같이 돗자리를 짤 때면
하도 무거워서 척척 소리가 났단다.

매번 같은 이야기를
어린아이 같은 표정으로.

마치 그 이야기 속인 듯
계속계속 이 계절을 짜갑니다.

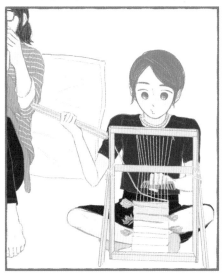

중간쯤 실을 바꿔
재미를 주었어요.

실을 자르고 조심히 빼냅니다.

한쪽은 실을 두세 가닥씩
묶어 마무리하고

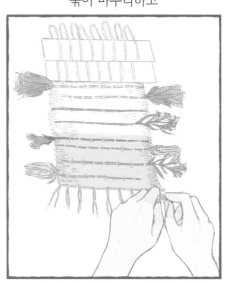

한쪽엔 봄가지 몇 가닥을
끼운 뒤 묶어줍니다.

방문에 테이프로
붙여주면

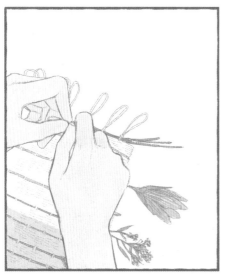

**오늘도
핸드메이드!**

잠시나마 계절을 보관하는 방법, 끝!

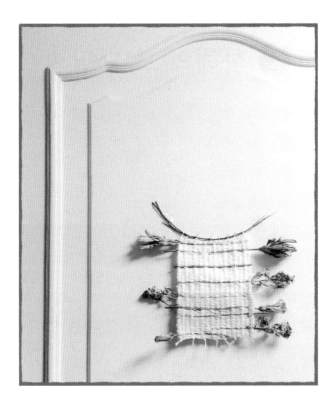

———————————Tip!———————————

베틀을 구입하게 된 건 '핸드메이드 페어' 덕분입니다. 여름과 겨울, 1년에 두 번씩 열리는 핸드메이드 페어에서는 니팅, 위빙, 드로잉, 카빙 등등 600여 명의 작가들이 다양한 핸드메이드를 소개하는데, 전시회장에서 베틀 시연을 보고 한눈에 반했지요. 후에 직조하는 방법까지 서적으로 자세하게 설명되어 있는 곳의 베틀을 장만하게 되었답니다.

㉜ 화해의 모녀 팔찌

사람 사이에는 틈새를 메우고 있는
무언가가 있는 것 같습니다.

좋은 사이에는 싱그러운
5월의 나뭇잎들이.

나쁜 사이에는
깨져버린 유리 조각들이.

우리 엄마와 나 사이에는

따뜻하고 푹신한 솜이불이
있을지도 몰라요.

익숙하기 때문에
가끔 힘껏 안았다가

서로의 가시에 찔리기도 합니다.

나를 이해해줄 거라고 믿기 때문에

아무에게도 보일 수 없는 가시를
무심코 드러내는 못된 버릇.

엄마라서, 딸이어서는 이유가 될 수
없는 것을 잘 알고 있습니다.

설명하기 어려운
엄마와 딸 사이.

부모이기도

친구이기도

낯설기도

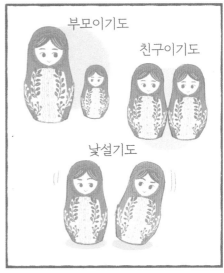

다른 사람이면서도
같을 수밖에 없는 우리.

오늘도 별거 아닌 일이
다툼이 되었습니다.

사과의 말을 꺼내기 어색할 땐
작은 선물을 만들어봐요.

따뜻한 아이보리 색 실과 셔틀을 꺼내
스플릿 링을 활용한 팔찌를 짭니다.

링 위에 매듭이 짜이면 다른 셔틀로
반대쪽에 똑같이 매듭을 더해줍니다.

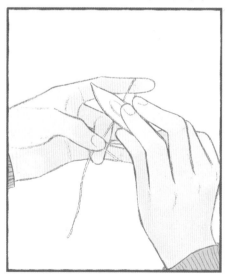

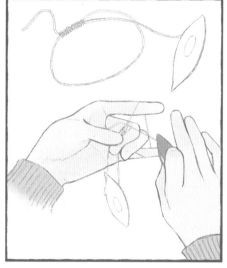

그럼 이렇게 한 개의 링 위에
양쪽 셔틀의 매듭이 만들어져요.

만들어지는 스플릿 링,
엄마와 나의 모습을 닮은 듯합니다.

첫 셔틀의 실을
쭉 당겨주면

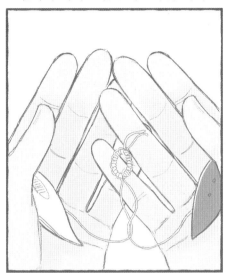

링 사이사이에 다툼이 없도록
거리를 주며 쭉 짜 내려갑니다.

똑 닮은 레이스 2개가 완성되면

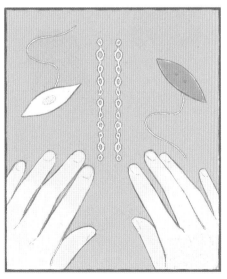

걸고리를 달아
팔찌를 마무리해요.

엄마는 나보다 살짝 크게.

꾸욱

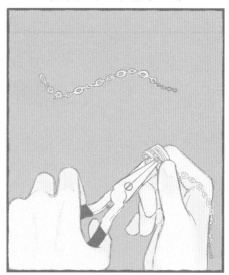

살금살금 다가가

엄마, 손 좀

왜?

걸어드립니다.

내 사과.

으이구.

커피 마실 거야?

엄마가 또
받아주시고 만

응.

철없는 딸의 사과는
이런 모습이랍니다.

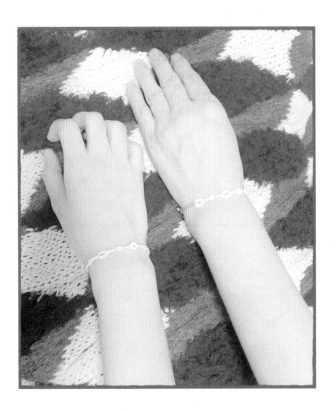

─────●────────────Tip!────────────●─────

손으로 하는 취미가 몇 해 전부터 유행이 되었습니다. 갖가지 서적은 물론 도구들도 온라인에서 접할 수 있게 되었답니다. 관심이 있다면 한 번쯤 동대문종합시장 5층에 들러보시길 권합니다. 손작업을 할 수 있는 부자재와 도구들, 생각지도 못했던 실로 다양한 재료들을 눈으로 보고 조금 더 저렴한 가격으로 구입할 수 있어요.

**오늘도
핸드메이드!**

"화해의 모녀 팔찌"

엄마에 대한 사랑 고백

『오늘도 핸드메이드!』는 제 인생을 크게 바꿔준 작업입니다. 혼자 쏟아내기 시작한 이야기인데, 말도 안 되게 큰 연재처에서 독자들을 만나게 해주었고, 조금 비딱하고 우울하던 성격도 바꾸어주었습니다. 그리고 꿈처럼 해보고 싶던 일에 한 발짝 더 다가갈 기회도 주었고요. 그치만 가장 좋은 건 평소에 잘 말하지 못했던 이야기를 만화를 빌려 사람들에게 표현할 수 있다는 것이지요. 인생의 가장 소중한 사람, 가장 가깝지만 가장 자주 싸우고, 제일 못되게 나를 드러내는 사람인 우리 엄마. 나를 이루고 있는 것들을 표로 그려낸다면 우리 엄마는 표의 틀과 칸처럼 그 기둥을 세워줬습니다. 이상하게 나이가 들수록 솔직한 고마움과 사랑을 말하기가 부끄러워서 그랬을까요? 늘 당연하게 있는 것은 절대 당연한 것이 아님을 알면서도 뒤돌아서면 후회할 말을 내뱉은 못된 딸의 일을 항상 응원하는 나의 어머니. 『오늘도 핸드메이드!』에는 엄마에 대한 사랑 고백을 곳곳에 숨겨놓았습니다. 아마 이 글도 보시겠지요. 정말 쑥스럽습니다.

33 뭐든 가려주었으면 커튼

함께 사는 집엔 공간마다
주인이 있습니다.

주방은 대개
엄마의 공간이지요.

드르륵

때마다 재료를 놓거나
조리대가 되는
이동식 트레이는
엄마의 필수품이지만

사용하지 않을 때,
눈에 조금 걸리는 것이 유일한 단점.

마침 벽지 색과 같은
흰색 니트가 있으니

트레이의 높이와
가로 길이에 맞춰 잘라줍니다.

서걱

서걱

각 모서리를 두 번씩 말아
핀으로 고정하고

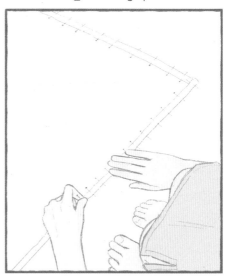

남색 실을 끼워
좋아하는 스티치로 재봉합니다.

흰색과 남색의 조합은
언제 봐도 참 예뻐요.

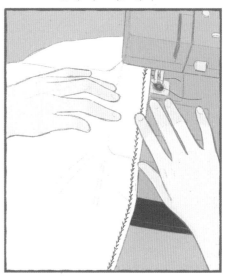

박음질이 끝나면 윗면의 적당한 위치에
버튼홀 스티치로 구멍을 내줍니다.

스윽

이제 오링으로 걸어주면

흰색 벽지와 닮게 된 엄마의 트레이.

필요한 만큼 보여주고

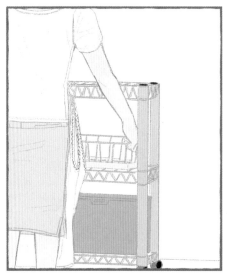

아닌 부분은 가리면 되지요.

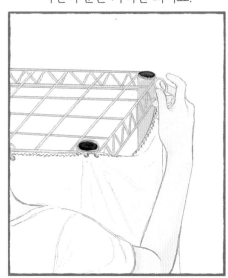

그러다 살며시
떠오르는 실없는 생각.

그 앞에서
들킬 뻔한 표정이나

팝콘?

**오늘도
핸드메이드!**

참지 못하고 뱉어버릴 말들은 가리고

괜찮은 부분들만 골라서
보여줄 수 있다면.

좌악

때때로 비슷한 취향의 영화를 보고

서툰 초년의 삶을 나누었고

건조한 현실에서 가끔 서로의
물 한 잔이 되어주는

그런 무리 중의 한 명으로도
괜찮을 것 같습니다.

불편해지는 것보단

부드럽게 거리를 두는 것이

더 나을 수도 있을 것 같아요.

가깝지 않더라도

커튼 너머엔

그가
있다는 것이니.

—————————————Tip!—————————————

생활을 하면서 잡다한 물건들을 전부 치우는 것은 굉장히 어렵습니다. 그래서 커튼이나 가림막을 치면 비교적 깔끔한 일상을 유지할 수 있지요. 또 한 가지 방법으로 물건을 색깔별로 정리하면 시각적으로 통일감이 들어 깨끗해 보이는 효과가 있는 것 같아요. 색이 많은 물건은 서랍이나 안 보이는 곳에, 무채색 계열은 보이는 곳에 두는 것도 괜찮은 방법!

⬤34 타샤 할머니와 버터

이따끔 내가 원하는 삶과 동시대의
시곗바늘이 다르다고 느껴집니다.

직접 천을 짜거나
나무를 깎고

무말랭이를 말려 먹고
인형 옷을 만들어주고 싶죠.

반짝이고 매끄러운 요즘의 방식이
싫은 것은 아니지만

기왕이면 마음이
끌리는 삶으로 가고 싶어요.

이건 우연히 만난 타샤 할머니의
영향일지도 모르겠습니다.

버몬트의 시골에서
웰시코기들과 함께 살았던
타샤 튜더.

정원에서 키워낸 꽃들로
실을 염색해 옷감을 짜고

신선한 염소젖으로 버터를 만들어
식사를 합니다.

접시에 낼 땐,
꼭 할머니만의 문양을 찍습니다.

어릴 적 한 번쯤 보았을
그림을 그리며

움직이는 동화처럼
살아오신 타샤 할머니는

가장
닮고 싶은 삶.

보고 또 본 페이지를 만져가며
나의 언젠가를 그려보지요.

오늘의 닮은 점 하나는
수제 버터 만들기!

유지방이 높은
생크림을 볼에 붓고,

믹서기로
돌려줍니다.

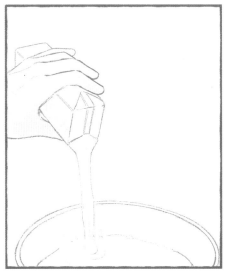

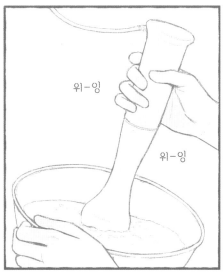

위-잉

위-잉

없다면 통에 넣고
덩어리가 생길 때까지
힘껏 흔들어도 좋아요.

시간이 지나면 버터와 버터밀크가
분리되기 시작해요.

우유는 따라내고

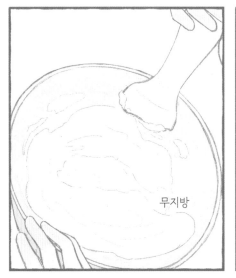

무지방

쪼르륵

버터가 단단해질 때까지
반죽하며 우유를 걷어냅니다.

버터밀크는 따로 담아놨다가
팬케이크를 만들 때 쓰면 맛있습니다.

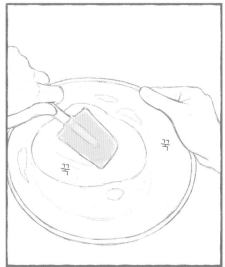

꾹
꾹

버터밀크 = 저지방우유

아직 나만의 목각 틀이 없으니

만들어진 버터를 유산지로 감싸고
쿠키 틀로 조심스레 찍어줍니다.

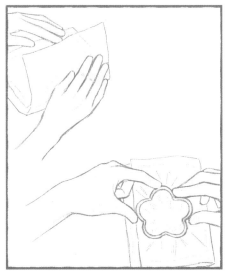

냉장고에 넣어
살짝 굳히면 끝!

어디에나
잘 어우러지는 맛,

수제 버터와 함께하는

고소한 아침이
시작됩니다.

────────────── Tip! ──────────────

'타샤 튜더'는 100여 권의 그림책을 짓고, 아주 훌륭한 정원을 가꾸었으며 작품에서도 삶에서도 자연주의를 추구하셨지요. 우연히 도서관에서 만난 그녀의 저서는 내가 상상하던 삶들이 실제로 가능한 것임을 알려주었답니다. 버몬트에 위치한 타샤의 정원은 미국에서 가장 유명하고 사랑받는 정원이라고 하는데, 지금도 방문할 수 있을지 참 궁금합니다.

③⑤ 고마운 동물 인형 시리즈

전혀 관련 없는 풍경

사실 그런 건 존재하지 않습니다.

아무리 멀리 떨어져 있어도

작고 사소한 일이라도

우리는 서로 영향을 끼치며
살아가고 있지요.

영상으로 만난
이 귀여운 동물도 마찬가지.

연회색빛의 고슬고슬한 솜털,

야구공 같은 동그란 얼굴과

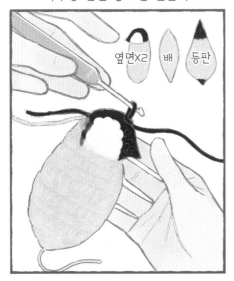

옆면X2 배 등판

쌀알 모양의 작은 날개,

포동포동한 뒷모습,

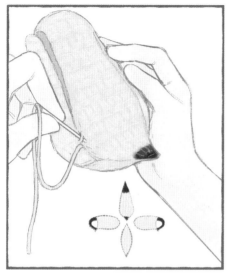

까만 발 두 쪽과

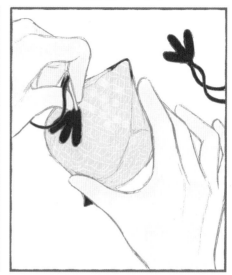

앙증맞은 작은 부리!

추위를 피해
꼭 감은 눈까지

부분부분을 짜
이어주면

내 방에도 놀러온
아기 황제펭귄.

저 멀리 남극에 사는
이 친구들의 삶에

오늘의 내 생활이
어떤 영향을 끼치는지는

정말 쉽게 찾아볼 수 있죠.

나의 편리함을 조금만 줄이면
가능한 공생의 방법들.

완벽하게 고칠 순 없지만
느리게 노력해봅니다.

오!

텀블러·손수건
챙겨 다니기!

응?

띵동!

나도
덕분에 텀블러
갖고 나왔네!

적어놓길 잘했네요.
영화 보다가 생각이 나서요.

따다다닥… 따닥… 따닥

찰칵!

오늘 이것도 만들어봤어요.

와, 잘 만들었다!
환경 다큐 개봉했던데,
갈래?

우앗!

정말이지
오늘도 고마운 친구,
아기 황제펭귄!

— Tip! —

탄소 발자국을 줄이면 경제적인 혜택을 받을 수 있다는 것을 아시나요? 전국적으로는 '탄소포인트제', 서울은 '에코마일리지'라는 이름으로 탄소 발자국을 줄이면 환경부 및 각 지방자치단체에서 현금, 상품권, 마일리지 등을 제공하고 있습니다. 환경도 보호하고 생활에 작은 보탬도 되겠지요.

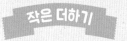
"고마운 동물 인형 시리즈"
지구를 위한 생각

만화 속에 자주 등장하는 소재가 있습니다. 환경에 대한 이야기. 고등학교 때까지만 해도 동물을 좋아할 뿐 별로 중요하게 생각하진 않았어요. 대학에서 패션을 공부하면서 사람이 환경에 얼마나 가차없는지를 알게 되었죠. 사실 학기 내내 옷을 만들고 전시를 하면서 내가 만들어내는 쓰레기의 양만 해도 어마어마했습니다. 졸업 때는 원단을 남기지 않는 제로 웨이스트(zero-waste)에 관한 이야기를 옷에 담았지만 패션 회사에서 일하게 되면서부턴 대규모로 발주되고 만들어지고 버려지는 원단뿐만 아니라 넘치는 만큼 만들고 팔리지 않으면 버려지는 산업 자체에 심한 거부감을 갖게 됐어요. 그때는 1년 반 정도 채식도 하면서 환경에 대한 고민을 나름대로 깊이 했던 것 같습니다. 회사를 그만두고 내가 정말 원하는 일이 무엇인지 찾아가면서 지구를 위하는 꾸준한 방법에 대해서도 생각해보게 되었습니다. 생각보다 내가 너무 괴롭거나 힘들지 않은 선에서 조금의 습관을 들이면 할 수 있는 방법들이 많았습니다. 같은 고민을 하는 사람들도 굉장히 많고요. 실제 펭귄 인형을 만드는 것이 지구에 얼마나 도움이 될진 모르겠지만, 펭귄 인형을 만드는 이야기를 통해서 단 몇 분이라도 그것에 대해 생각하게 되었다면 참 고마운 일이겠지요. 앞으로도 지치지 않는 선에서 조금 불편하지만 뿌듯한 생활을 이어가고 싶습니다.

36 청바지 새 활용기

늘 신경 쓰이는 분야가 있어요.
바로 우리가 살고 있는 '환경'입니다.

처음엔 작은 동물에서
큰 동물로

우리 동네에서
모두의 동네로 커져간 관심.

다양한 시도들을 해봤고
지금도 하고 있지만

동물 복지...

유리잔에
주세요~

결론은 지속할 수 있는 선에서
함께 살아가는 것!

재활용에 대해서도
꾸준히 공부하고 있지만

손이 자주 가도록
물건을 다시 만들기는 쉽지 않습니다.

버리기 전에 쓸 수 있는 부분을
모아두었다가 여러 번 구상해봅니다.

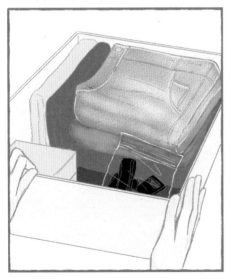

오늘은 그중 하나,
메신저 백을 만들려고요.

**오늘도
핸드메이드!**

이제는
입지 않는 청바지로!

아빠의
등산 벨트 고리

원단은 튼튼하지만
유행이 지난 진은

어떻게 입었지?

어떤 소품으로 만들어도
오래된 느낌이 들어요.

그래서 주로 안감을 사용합니다.

청바지라면 모두 갖고 있는
노란빛과 청색이 섞인 예쁜 사선 무늬.

두 가지 색과 비슷한
원단을 준비해요.

**오늘도
핸드메이드!**

그림으로 연습한 모양처럼 나올까요?

베이지색 원단으로
밑면을 만들고

청바지의 다리를
몸판으로 준비해요.

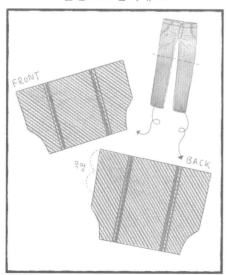

뒷면의 뚜껑부터 박아 뒤집습니다.

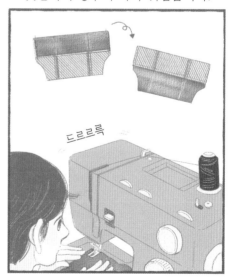

앞면엔 지퍼를 달아줍니다.

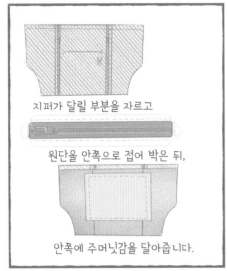

지퍼가 달릴 부분을 자르고

원단을 안쪽으로 접어 박은 뒤,

안쪽에 주머닛감을 달아줍니다.

이제 밑면과 옆선을 연결하고

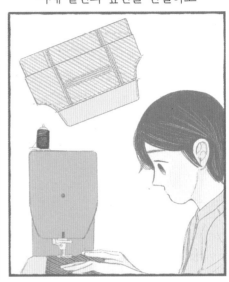

청바지를 길게 잘라서
벨트를 만듭니다.

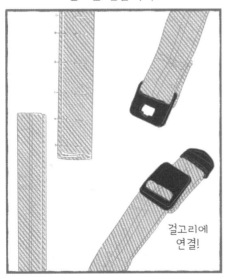

걸고리에
연결!

몸판과 벨트 중간에
남색 원단을 대요.

열고 닫기 편리하게
벨크로를 달았습니다.

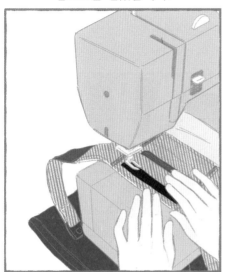

상상하던 가방과
비슷하게 완성된 것 같은데…

만드는 동안 생긴
애정 때문에

객관적으로
볼 수 없게 되었네요!

그래도 가벼운 운동 때마다
요긴하게 메고 있습니다.

─────────────────────Tip!─────────────────────

옷을 고치거나 리폼해서 다시 사용하는 방법도 좋지만, 요즘은 상태가 좋은 헌옷을 수거해 재활용하는 곳도 많습니다. 해외의 소외 계층에 기부할 수 있는 '옷캔', 쓰지 않는 중고 물품들을 기부하고, 팔고, 살 수 있는 '아름다운 가게' 등, 찾아보면 기간별로 지역별로 헌옷을 모으는 곳들이 있으니 버리기 전에 한 번쯤 고민해보시길 바랍니다.

**오늘도
핸드메이드!**

37 사각사각 우드 나이프!

밥 먹고, 학교 가고
그림만 그리던 시절이 있었지요.

매일매일 쓸 연필을
깎다 보면

153

불안한
마음도

사각사각 깎여
사라지는 기분이었습니다.

요즘엔 연필을
많이 쓰지 않지만

대신 틈틈이
깎고 있는 것이 있습니다.

로망이던 나무 식기를
조금씩 만들고 있어요.

원하는 모양을
종이에 먼저 그려보고

목재소에서
체리나무를 얼마간 주문했어요.

감사합니다~

연습처럼 나무 위에도 슥슥
모양을 그리고

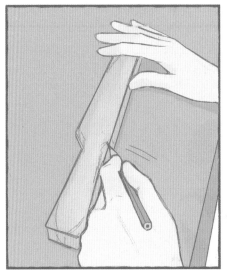

조각도로
깎기 시작해요.

지금보다 분명한 목표와
할일이 있던 그때.

**오늘도
핸드메이드!**

다들 정해진 길로만 가면
괜찮은 삶이 있다고 말해주었죠.

어린 목표들을 지나온 지금,
나는 네가 상상했던 모습일까?

미리 정해두었던 길을
열심히 밟아왔지만

기쁨과 보람은 그때뿐.

매 순간
새 목표를 찾아야 했습니다.

아마 내가 찾던 건 그렇게
단순한 모양은 아니었나 봅니다.

아직까지도 명확한 답은 모르겠지만

누군가 써놓은
답안지 속엔 없을 거예요.

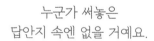

셀 수 없이
깎이고 다듬어지면서

다치기도 하고, 물집도 잡히지요.

사각

사각

그렇게 원하는 형태와
조금씩 가까워진

이 나무처럼.

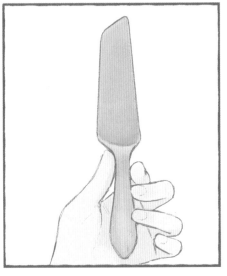

오늘도
핸드메이드!

나 역시도

수많은 톱밥을 쌓다 보면

도저히
풀어낼 수 없던

나의
답을 적을 수 있을 겁니다.

—————————————————Tip!—————————————————

나무를 취미로 깎는 분들이 꽤 많이 있습니다. 요즘엔 조각도로 깎기 전 형태로 재단돼 있는 DIY 키트가 있어서 튼튼한
조각도와 사포만 준비하면 어렵지 않게 시작해 볼 수 있습니다. 큰 가구에 도전하기 무섭다면 수저나 포크, 종지처럼 작
은 것부터 손을 대는 것이 좋습니다. 다만 나무를 깎는 칼은 아주 날카롭기 때문에 꼭 안전에 주의해야 합니다.

38 오리지널 핀 쿠션

목표에 가까워지는
나의 방법은

관련된 것들을 전부 적고
하나씩 동그라미를 쳐가는 방식입니다.

또 뭐가 있더라···

당장은 까마득해 보이니

한 페이지씩
정성껏 다듬은 뒤에

작은 걸음마다 티를 내는 건
꽤 좋은 동기 부여!

오늘 펼친 페이지는
'나만의 작업실'.

솜이 다 나온 핀 쿠션을 교체하고
작업실의 리스트를 한 칸 채워보려고요.

준비물은 두꺼운 종이, 에메랄드 색 실,
진초록 자투리 원단, 비즈와 솜.

몇 년 동안 동그란 쿠션을 썼으니
이번엔 삼각뿔 모양이 좋겠어요.

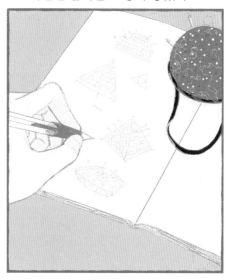

바닥이 되어줄 종이를
삼각형으로 자릅니다.

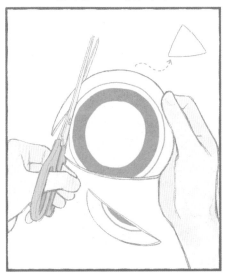

원단으로 종이를 한 번 감싸고

옆면은 삼각형이
세 번 들어가게 재단합니다.

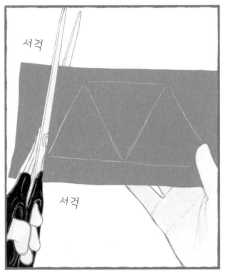

서걱

서걱

옆선을 꿰매고 뒤집어
밑면과 공그르기로 연결해요.

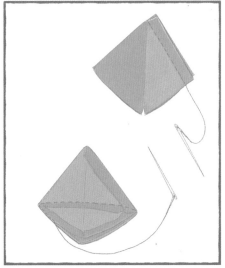

구멍을 남긴 상태에서
솜을 넣습니다.

쏘옥

쏘옥

통통해지면
마지막 면을 닫아줘요.

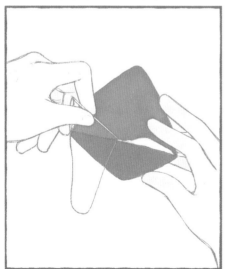

이제 삼각형에 맞춰 코를 잡고
한 단은 짧은뜨기로 떠줍니다.

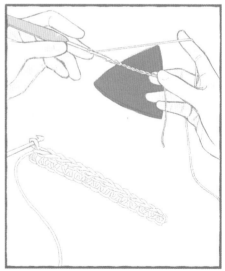

이제 세 코를 떠서 두 칸마다 걸어
그물뜨기를 합니다.

다음 줄은 세 코를 떠
그물의 중간마다 걸어줍니다.

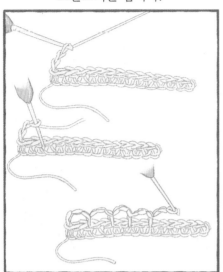

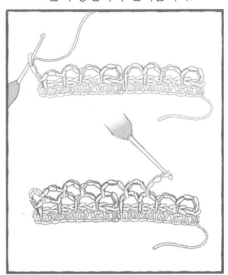

양쪽 끝에서 코를 줄여 올라가면
그물무늬 삼각형 니트가 완성돼요.

끝마다
3코 대신
1코씩 뜨면
줄어요.

4개를 만들어서
한쪽 면만 남기고 꿰맵니다.

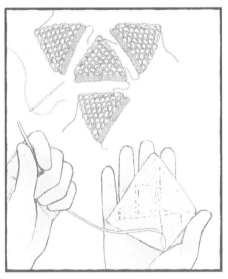

이렇게 완성된 속을 니트에 넣고
마저 돗바늘로 이어줘요.

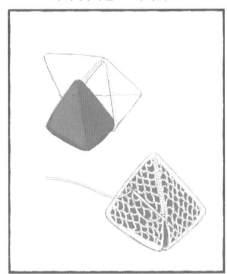

작은 동산 같아서
핀을 꽂으면 잘 어울릴 것 같아요.

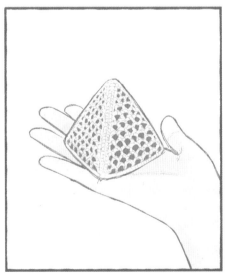

모퉁이마다 비즈를
달아 마무리하면

핀 쿠션이 완성되었어요.

시침핀과 바늘을
이사해주었습니다.

짠!

또 오랜 시간
핸드메이드를 함께할

그간
고생 많았다!

**오늘도
핸드메이드!**

나의 오리지널 핀 쿠션, 체크 V

'그물뜨기'는 코바늘의 기초인 '사슬뜨기'만 익히면 반복해서 레이스를 만들 수 있는 좋은 기술입니다. 작게 뜰수록 고운 레이스처럼 보입니다. 안 쓰는 유리병을 그물뜨기로 감싸 입히면 예쁜 화병이나 인테리어 소품이 됩니다. 그물뜨기를 크게 반복해 만든 가방이나 옷에서는 여름 느낌이 물씬 나기도 합니다.

㉟ 마음을 풀어주는 우유잼

애매하게 남은
우유가 있습니다.

털어내지 못한
애매한 감정도 있습니다.

찰랑

찰랑

오늘도
핸드메이드!

그날의 스트레스는 되도록
그날 풀고자 하지만

문득문득 지난날의
감정들이 얹히곤 합니다.

이렇게 애매하게
남은 것들을 녹여서

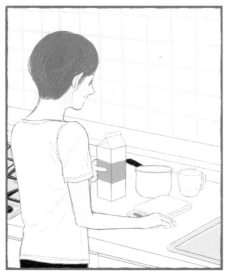

간식으로
만들어볼까 해요.

쪼르륵

재료는 정말 간단합니다.
우유와 설탕!

우유와 설탕을
5 : 1의 비율로
준비해요.

오늘의 우유는 202그램.

설탕을
40그램 넣어줍니다.

작은 냄비에 설탕과 섞은 우유를 따르고
센 불로 데웁니다.

한 번 우르르 끓으면 약불로 줄이고
걸쭉해질 때까지 잘 저어줘요.

제법 시간이 걸리기 때문에
노래를 한 곡 틀었습니다.

오늘의 배경음악은
「The Wolves & The Ravens」.

슬슬 따뜻한 우유 냄새가 나면서
작은 거품들이 보글보글 끓습니다.

처음엔 그냥 우유와
비슷한 질감이기 때문에

쪼르륵-

왠지 실패할 것 같은
느낌이 들기도 하죠.

더 끓으면 옅은 미색을 띠면서
설탕의 단내가 풍깁니다.

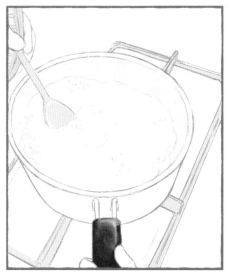

천천히, 천천히 우유가 타지 않도록
잘 저어줍니다.

딱딱했던 마음에도
슬며시 달달한 냄새가 입혀지네요.

색이 더 진해질수록 거품이
크게 일었다 수그러지기를 반복합니다.

이제는 진하게 우려낸
밀크티와 같은 색으로 변했고,

향기는 한층 더 부드러워졌습니다.

힘을 주어 저어야 할
정도가 되면

캐러멜 같은 빛깔로 반짝이며
연유처럼 달콤한 향이 코를 찌릅니다.

불을 끄고
따뜻할 때 맛을 봅니다.

후

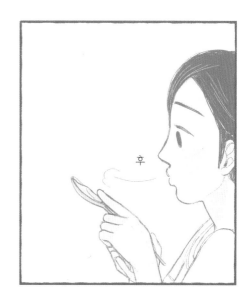

으~
꼭 먹어봐야 하는 맛!

하루 중 가장 고된 시간에
조금씩 먹어야겠어요.

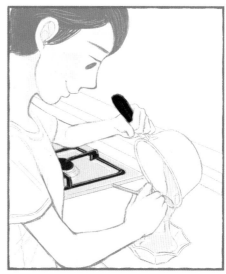

제게는 참 잘 통하는
스트레스 해소법입니다.

―――――――――――――Tip!―――――――――――――

만화 속 우유잼 레시피는 가장 기본적인 방법입니다. 생크림을 넣어 더 부드러운 맛을 내기도 하고, 우유에 홍차를 우려
끓이면 더 풍미가 좋아집니다. 생크림과 가루녹차를 넣어 만들면 달콤쌉싸름한 녹차 스프레드가 되지요. 우울할 때마다
단것에 의지하는 건 좋은 습관이 아니지만, 가끔씩은 괜찮을 거예요.

"마음을 풀어주는 우유잼"

내 삶을 위한 토닥임

스페인의 우유잼, 둘쎄 데 레체

옆에 누워 곤히 자다가도, 내가 몸을 뒤척이면 깜짝 놀라 일어나는 쪼코를 위해 움직이기 전 미리 등을 토닥여주곤 합니다. 그러다 문득, 내 삶에도 등을 토닥여주는 누군가가 있으면 하고 바라게 됩니다. 가족에게, 주변 사람들에게 티를 내 위로를 받을 수도 있지만 가장 효과적인 방법은 내가 내 마음을 미리 토닥이는 것. 예민한 성격 탓에 별거 아닌 말도 쉽게 털어내지 못하고 쌓아두었다가 괜한 우울을 만들어가는 타입이라서 이런 기분 전환용 실험을 자주 합니다. 가장 잘 통하는 것은 손을 움직이면서 머릿속으로 나를 이해해주는 것입니다. 우유잼을 만드는 데는 우유 양마다 다르지만 대략 30분에서 한 시간 정도 걸리기 때문에 고소한 우유 냄새를 맡으며 스스로와 대화를 하기엔 아주 충분한 시간입니다. 사람은 누군가와 함께 살아가는 존재이지만 얄궂게도 가장 깊은 곳의 외로움을 늘 가지고 살아야 하는 것 같습니다. 그리고 혼자만의 외로움 잘 다루는 사람이 다른 이들과도 건강한 관계를 가질 수 있죠. 모두에게 통할지는 모르겠지만 작은 토닥임을 전하고 싶었던 날의 이야기였습니다.

⑩ 미안하지만 걱정을 부탁해!

혹시 '걱정인형'이라고 들어봤나요?

옛날 옛적, 걱정으로 잠 못 드는
아이가 안타까웠던 할머니는

그게 뭐야?

고등학교 친구 소나와 지운

밤새 고민을 가져가는 작은 인형을
만들어주었다고 합니다.

걱정을 말하고
베개 밑에
넣고 자요.

오랜만에 함께인 이 밤,

곧 앞자리가 바뀔 우리들의
걱정도 부탁해보려고요.

낡은 수면양말 한 켤레,
인형 눈과 색실도 준비했습니다.

183

각자의 걱정을 맡아줄
믿음직한 모습을 떠올립니다.

진한 초록색 양말은
무서운 숲속의 털북숭이로!

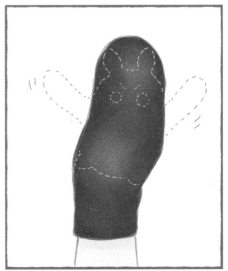

안쪽에서 박음질을 하고
잘라 귀를 만듭니다.

귀에서부터 다들 특색이
드러납니다.

뒤집은 뒤, 실로 집어
토끼처럼!

짝짝이도
귀엽다!

흐음.

짠!

얼굴이 생기니 인형 만들기의
반은 끝났습니다!

이제 눈, 코, 입을
달아주자.

물고기로 해야지!

나머지 한 켤레를 말아 넣어 속을 채우고
적당한 길이로 잘라 밑면을 꿰매요.

양쪽 끝을 살짝 빼내
발을 만들어주었어요.

여기서부터 바느질은
모두 공그르기!

근데 다들 걱정이 뭐야?

185

말했다가
소용없어지면 어떡해!

말하면서 덜어질 수도 있지.
나는 뭐 알다시피…

잘라둔 부분을 둘로 나누고
길게 말아 꿰매면 양쪽 팔 완성.

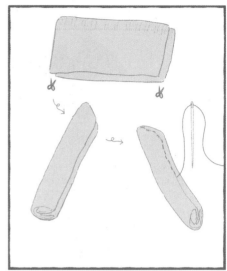

그 사람은 진짜 몰라?

모르지.
그런 쪽으로는 아예 무관심한
느낌이랄까…

천천히~

같이 영화도 보고
연락도 한다며!

그게, 데이트보단 동호회 같고…
동기들하고도 다들 친해서…

내 걱정을 다 안아줄 듯한
힘찬 포즈로 팔을 달아요.

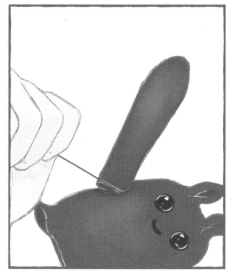

헤헤.
너는 뭐가 걱정이야!

난 당장 내일 일이
걱정이다!!

난 효과 없어질까 봐
말 안 할 거야!

이제 실로
작은 부분들을 꾸며주면 완성!

너그러운 소나를 닮은 물고기와
지운이처럼 엉뚱한 고양이,

그리고 나의 듬직한 초록 털북숭이!

우리 걱정을 맡기엔
좀 벅차 보이네.

만드는 동안
잔뜩 떠들며 나눈
서로의 걱정.

이런 이야기를 들어줄 이가
있다는 것에

사소한 것을 함께할 시간을
내어준다는 것에

얘는
쫑쫑이야.

마구마구 걱정을 해버리고 싶은 밤.

미안하지만
걱정을
잘 부탁해!

———————•—————————Tip!—————————•———————

'걱정인형'은 한 광고에 등장해서 다들 친근하게 느끼는 인형이죠. 과테말라에서 전해지는 방식 그대로라면 부모가 손가락만 한 인형 6개를 작은 상자에 담아 아이에게 선물합니다. 아이가 걱정을 말하고 베개 밑에 넣고 자면, 밤에 몰래 인형을 치운 뒤, 인형이 걱정을 가져갔다고 이야기해준다고 하네요. 실제로도 심리적인 효과가 있다고 합니다.

아기 황제펭귄 만들기

준비물 : 털실(검은색, 흰색, 연회색), 코바늘, 돗바늘, 솜

만드는 순서

1. 도안을 보고 펭귄의 옆면 2장, 배 1장, 등 1장, 날개 2장, 발 2장을 뜹니다.

2. 옆면은 회색과 흰색 부분을 함께 뜬 뒤, 검은색 실로 머리 위를 둘러주듯 짧은뜨기를 이어
   부리 쪽에서 마무리합니다. 빗금 부분은 길게 남겨둔 시작 실을 돗바느질하여 덮습니다.

3. 옆면, 배와 등의 같은 색으로 표시된 부분들을 돗바늘로 연결하다가 창구멍을 남긴 상태에서 솜을 넣고
   마저 이어줍니다.

4. 날개와 발을 꿰매 달아줍니다. 발의 위치는 펭귄이 설 수 있는 적당한 위치입니다.
   (각각 인형마다 다를 거예요.)

5. 완성!

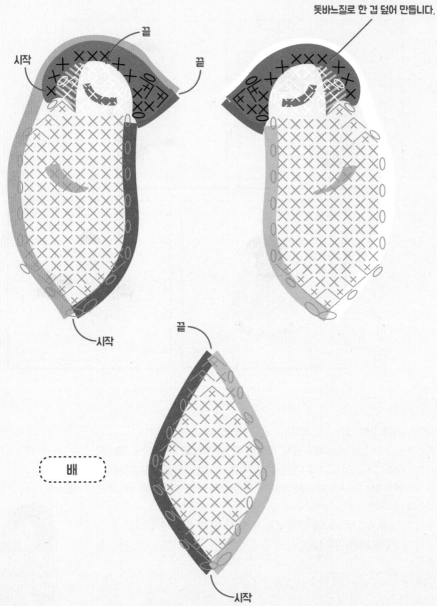

등

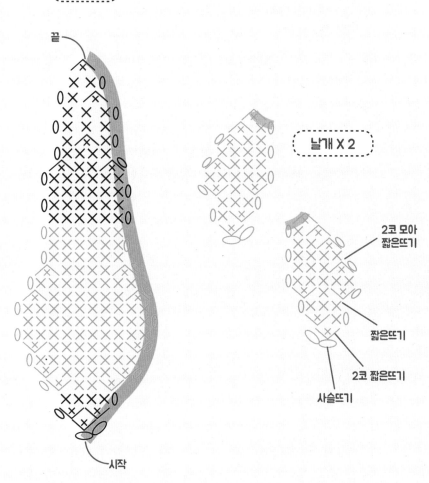

끝

시작

날개 X 2

2코 모아
짧은뜨기

짧은뜨기

2코 짧은뜨기

사슬뜨기

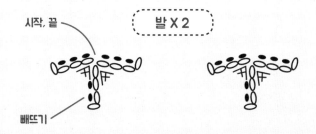

시작, 끝

발 X 2

빼뜨기

저는 지금 네덜란드 스히폴공항 근처의 한 호텔에서 이 글을 쓰고 있습니다.

많은 분들이 궁금해하셨는데, 만화 속에서 핸드메이드와 함께 주 내용을 이루던 소영의 짝사랑 이야기는 저와 지금은 제 남편이 된 사람의 이야기를 기반으로 한 픽션입니다.

만화와는 다르지만 제가 먼저 호감을 갖고 연락을 하다가 자연스럽게 연애가 시작되었고, 연재와 책 작업이 한창인 올해 9월 10일에 결혼식을 치렀습니다. 그리고 지금은 부끄럽게도 신혼여행 중이네요.

세상은 다소 험난하여 홀로 살아가고 있다고 느끼게 됩니다. 마찬가지로 저도 늘 인생은 혼자 살아가는 것이라고 여겼지요. 그렇지만 지금의 상황이 절대 저 혼자만의 노력으로 가능한 일은 아닌 것을 잘 압니다. 처음 연재를 할 때는 이름도 필명으로 바꾸고 이전의 저에 관한 정보는 최대한 노출시키지 않으려고 노력했어요. 이렇게 많은 분들이 보는 공간에 제 작업을 보여드리는 것이 두려웠기 때문입니다. 좋아해주시는 분들도 많겠지만 싫어할 사람들도 많을 것이라 지레짐작했지요. 그렇게 조심스럽게 인사드렸던 『오늘도 핸드메이드!』가 곧 끝납니

.다(시즌 마감이 될지, 완결이 될지는 아직 모르지만요).

시작할 때의 두려움은 많이 잦아들었고, 오히려 전혀 모르는 타인의 다정함에 매일 1도씩 따뜻해졌습니다. 제 만화를 읽고 독자분들이 힐링을 했다고 표현해주셨는데, 되레 제 저변에 깔려 있던 불안감과 부정적인 시각이 나아졌습니다. 정말 마음이 좋아졌습니다. 겨울이 될 때까지 연재분 몇 편과 3권의 작업이 남았지만 좋았던 만큼이나 아쉽습니다.

2권에는 많은 분들이 문의해주셨던 '아기 황제펭귄'의 도안을 수록했어요. 더불어 채색 전 스케치 중 가장 사랑하는 컷들을 모아 엽서로 담아보았습니다. 작지만 조금이나마 감사한 마음이 전해졌으면 좋겠습니다. 기회가 된다면 3권에서 또 만나요!

고마운 모든 이에게.

소영 드림

오늘도 핸드메이드! 2

지은이 | 소영

초판 1쇄 인쇄일 2017년 10월 23일
초판 1쇄 발행일 2017년 11월 1일

발행인 | 한상준
편집 | 김민정 · 윤정기
디자인 | 김경희 · 조경규
마케팅 | 강점원
관리 | 김혜진
종이 | 화인페이퍼
제작 | 제이오

발행처 | 비아북(ViaBook Publisher)
출판등록 | 제313-2007-218호(2007년 11월 2일)
주소 | 서울시 마포구 월드컵북로 6길 97(연남동 567-40 2층)
전화 | 02-334-6123 팩스 | 02-334-6126 전자우편 | crm@viabook.kr
홈페이지 | viabook.kr

ⓒ 소영, 2017
ISBN 979-11-86712-58-0 04810